NOTICE

D'UNE JOLIE RÉUNION

DE

TABLEAUX

DE DIVERSES ÉCOLES

Ayant composé le cabinet de feu M. HUMANN,

DONT LA VENTE AURA LIEU

HOTEL DES COMMISSAIRES-PRISEURS

RUE DROUOT, N° 5

SALLE N° 4 AU 1er

LE JEUDI 18 FÉVRIER 1858,

A 2 HEURES.

Par le ministère de M° **POUCHET**, Commissaire-Priseur,
rue Saint-Honoré, 217, Successeur de M. RIDEL,

Assisté de M. Ferdinand **LANEUVILLE**, Expert, rue Neuve-
des-Mathurins, 73.

EXPOSITION PUBLIQUE

Le Mardi 16 et Mercredi 17 Février 1858, de midi à 5 heures.

PARIS

RENOU & MAULDE

IMPRIMEURS DE LA COMPAGNIE DES COMMISSAIRES-PRISEURS

rue de Rivoli, 144.

1858

NOTICE

D'UNE JOLIE RÉUNION

DE

TABLEAUX

DE DIVERSES ÉCOLES

Ayant composé le cabinet de feu M. HUMANN,

DONT LA VENTE AURA LIEU

HOTEL DES COMMISSAIRES-PRISEURS

RUE DROUOT, N° 5

SALLE N° 4 AU 1ᵉʳ

LE JEUDI 18 FÉVRIER 1858,

A 2 HEURES.

Par le ministère de Mᵉ **POUCHET**, Commissaire-Priseur,
rue Saint-Honoré, 217, Successeur de M. **RIDEL**,

Assisté de M. Ferdinand **LANEUVILLE**, Expert, rue Neuve-des-Mathurins, 73.

EXPOSITION PUBLIQUE

Le Mardi 16 et Mercredi 17 Février 1858, de midi à 5 heures.

1858

CONDITIONS DE LA VENTE:

Elle sera faite au comptant.

Les acquéreurs payeront, en sus des adjudications, cinq pour 100, applicables aux frais.

DÉSIGNATION

DES TABLEAUX

A. B. (Signé).

1 — Portrait de femme de grandeur naturelle assise
près d'une table couverte de manuscrits; elle
est vêtue de satin blanc, et tient une branche de
laurier.

1300

ANGERMEYER, 1750.

2 — Lapins, insectes et plantes.

BREUGHEL et VAN BALEN.

3 — Au milieu d'une riche guirlande de fruits soutenue
par des anges; la Sainte Vierge est assise tenant l'Enfant Jésus sur ses genoux.

Snellinck

CRANACK, daté 1557.

4 — Portrait d'une femme de distinction dans un riche
costume; elle tient ses gants Ses armes sont
dans le haut du tableau.

380

CRANACK.

5 — L'Enfant Jésus tenant sa croix, donne sa bénédic-
tion à saint Jean, agenouillé devant lui.

CRETIUS.

6 — Jeune Italienne assise au bord de la mer.

CRETIUS (C.), 1843.

7 — Une jeune Italienne gardant un troupeau de chèvres et de moutons.

DEHEEM (Signé).

8 — Un verre, des pêches, des abricots, du raisin, des
cerises, des marrons, posés sur une table couverte d'un tapis bleu.

DU MÊME.

9 — Guirlande de fleurs suspendue à un mur.

DIÉTRICK.

10 — Une jolie femme assise dans un parc au pied d'une
statue de Vénus entourée d'Amours, écoute
une déclaration que lui fait un jeune homme,
près d'eux un Amour tresse une couronne de
fleurs.

DIÉTRICK.

11 — Un berger et une bergère gardant un troupeau de
chèvres et de moutons.

Ces deux compositions sont inspirées de Watteau.

DYCK (Attribué à VAN).

12 — Portrait d'une jeune femme habillée de noir, une
large collerette, des nœuds de rubans dans les
cheveux et d.. boucles d'oreilles en perles
complètent sa toilette.   755

Encadré dans une belle bordure italienne.

DU MÊME.

13 — Portrait d'un personnage coiffé de long cheveux
bruns tombant sur une collerette, une de
ses mains est appuyée sur sa hanche et de
l'autre il tient ses gants. Il est placé debout
près d'une table chargée de cartes et de com-
pas.   295

FAIFFERT (D.).

14 — Paysage montagneux avec cascade.   15

FYT (Signé daté 1646, attribué à).

15 — Canards et oiseaux attachés à un mur.

GOYEN (Van).

16 — Vue d'une ville maritime.

DU MÊME.

17 — Marine.

GUARDI.

18 — Deux vues de Venise. (Pendants.)

HALS (Franck).

19 — Portrait d'une femme âgée, vêtue de noir et coiffée d'un bonnet blanc; elle est assise dans un fauteuil et tient un livre.

DU MÊME.

20 — Portrait d'homme à moustache blanche.

HEMELINGH (École).

TRIPTYQUE.

21 — Le tableau du milieu représente la Sainte Vierge assise dans la campagne, avec l'Enfant Jésus sur ses genoux, jouant avec des oiseaux, un singe est près de lui. Les deux volets représentent, l'un saint Jean debout, avec son agneau dans ses bras, et l'autre le donataire à genoux. Des armes fleurdelisées sont sur les panneaux.

HERRMAN.

22 — Don Quichotte lisant.

HOLBEIN.

23 — Portrait de l'archiduc Ferdinand ; il porte une lon-
gue barbe ; sa tête est couverte d'une toque
noire ; il est vêtu d'un manteau entouré de
fourrures.   220

DU MÊME (École).

24 — Portrait d'un jeune homme habillé d'une robe
garnie de fourrures ; de longs cheveux tom-
bent sur ses épaules.   58

KRAUSE (W.).

25 — Vue des bords de la mer, marée basse.   15

MURILLO (Genre).

26 — Tête de jeune garçon.   30

OS (VAN).

27 — Vue de Hollande.   30

OUDRY (J.-B.).

28 — Oiseaux de proie fondant sur un canard.   250

PADUANINO.

29 — Suzanne et les Vieillards.   215

REMBRANDT.

30 — Homme à barbe. Étude.   215

DU MÊME (Genre).

31 — Le Satyre et le Paysan.   360

DU MÊME (École).

32 — Portrait d'homme. (Ovale.)

SARTE (Attribué à André del).

33 — La Vierge, l'Enfant Jésus et des Anges. (Grisaille.)   155

SNEYDERS.

34 — Près d'une table chargée de fruits, un nègre tient   800
      à la main une grande coquille richement
      montée.

TENIERS.

35 — Deux buveurs dans un cabaret.   231

TENIERS (Genre).

36 — Les Joueurs de boule.   81

TERBURGH.

37 — Un seigneur debout, la canne à la main et tenant   2 47
son chapeau.

VELDE (Signé JEAN VAN DEN).

38 — Un pot de tabac et une pipe posés sur une table.   90

VERBOECKOEVEN.

39 — Mouton. Étude.   30

VOYS (ARY DE).

40 — Un soldat, la tête couverte d'une toque à plume   1 63
rouge, tient un verre. (Ovale.)

WILLE.

41 — La Fille repentante.   880

ÉCOLE GOTHIQUE.

42 — Mariage de sainte Catherine ; elle est à genoux   400
devant la Vierge et l'Enfant Jésus ; plusieurs
femmes sont en adoration devant eux.

ÉCOLE FLAMANDE.

43 — Portrait d'homme, son col est orné d'une fraise
brodée.

DE LA MÊME.

44 — Vénus couchée.

ÉCOLE DE BRUGE.

45 — Deux sujets saints. Volets.

INCONNU.

80   46 — Une jeune fille vêtue de blanc et de fleurs dans les cheveux, tient une colombe.

IDEM.

14   47 — Vue de Naples.

IDEM.

38   48 — Le petit Don Quichotte.

DESSINS, AQUARELLES ET GRAVURES.

COIGNET (J.).

21   49 — Vue prise en Suisse. (Crayon, estompe rehaussé de blanc.)

FLEURI.

6   50 — Paysage montagneux. (Aquarelle.)

GUDIN.

51 — Marine. (Sépia).   *40*

RUTHART (C.-A.).

52 — Chasse à l'ours. (Gouache.)   *47*

VIANELLE.

53 — Pélerin priant devant un autel placé dans une grotte. (Sépia.)   *8*

VILLERET.

54 — Vue d'une église de village. (Aquarelle.)   *6*

INCONNU.

55 — Femme italienne. (Étude aquarelle.)   *54*

LANDSEER (D'après).

56 — Un chien et un griffon. (Gravure.)
57 — Chiens de diverses races. (Idem.)   *120*
58 — Même sujet. (Idem.)

Tête par Holbein ——————— 106

Renou et Maulde, imprimeurs de la Compagnie des Commissaires-Priseurs, rue de Rivoli, 144.   7649